DISSOLUÇÕES

FELIPE FRANCO MUNHOZ

DISSOLUÇÕES

1ª edição

EDITORA RECORD
RIO DE JANEIRO • SÃO PAULO
2024

CIP-BRASIL. CATALOGAÇÃO NA PUBLICAÇÃO
SINDICATO NACIONAL DOS EDITORES DE LIVROS, RJ

M932d

Munhoz, Felipe Franco
    Dissoluções / Felipe Franco Munhoz. - 1. ed. - Rio de Janeiro : Record, 2024.

    ISBN 978-85-01-92146-8

    1. Poesia brasileira. I. Título.

24-88880

CDD: 869.1
CDU: 82-1(81)

Meri Gleice Rodrigues de Souza - Bibliotecária - CRB-7/6439

Copyright © Felipe Franco Munhoz, 2024

Todos os direitos reservados. Proibida a reprodução, armazenamento ou transmissão de partes deste livro, através de quaisquer meios, sem prévia autorização por escrito.

Texto revisado segundo o Acordo Ortográfico da Língua Portuguesa de 1990.

Direitos exclusivos desta edição reservados pela
EDITORA RECORD LTDA.
Rua Argentina, 171 – Rio de Janeiro, RJ – 20921-380 – Tel.: (21) 2585-2000.

Impresso no Brasil

ISBN 978-85-01-92146-8

Seja um leitor preferencial Record.
Cadastre-se no site www.record.com.br
e receba informações sobre nossos
lançamentos e nossas promoções.

Atendimento e venda direta ao leitor:
sac@record.com.br

EDITORA AFILIADA

Apresentação
por *José Luís Peixoto*

A palavra é muito mais do que imaginávamos, comunica de muito mais maneiras. Seguramos a palavra na palma da mão, temos o costume de dá-la e de recebê-la, acreditamos que é um objeto comum. Mas, de repente, diante dos nossos olhos, a palavra parte-se, o seu interior fica exposto e, com surpresa, percebemos que é agora completamente nova.

Neste livro de Felipe Franco Munhoz, a palavra é muito mais do que imaginávamos. Sentimo-la na ponta dos dedos, é feita de porcelana, limpa, lisa, mas após algumas páginas, ou logo na página seguinte, é feita de madeira, ou de ferro, ou de pedra, ou de vidro, ou de terra, ou de ar, ou de qualquer material que tentamos identificar, sem certezas. A palavra é quente, fria, gelada, escaldante, molhada, seca. Aproximamos a palavra do ouvido, escutamos as suas canções e, pouco depois, podem transformar-se em gritos ou, com a mesma facilidade, podem desgastar-se até desaparecer. A palavra é voz, ouvimo-la dizer, ou talvez sejamos nós que a dizemos. Em qualquer dos casos, levamos a palavra na boca, o seu sabor é todos os sabores.

Em *Dissoluções*, projeta-se *o amor no fim do futuro* porque precisamos de alguma coisa respirável que seja tão grande como o amor, precisamos de um horizonte que seja tão imenso como o futuro. Estas páginas, com *deslocamento animal*, obrigam-nos a olhar em volta e a tirar conclusões absolutas: todo o texto literário é dramático. *Toda a palavra é um palco, All the word's a stage*, como escreveu (escreveu?) Shakespeare e como, por outras palavras, escreve Felipe Franco Munhoz. Aqui, essa afirmação é feita através da própria natureza do texto.

É também assim, implicitamente, que cada palavra é um quadro, cada palavra é música. Acreditamos que conhecemos a palavra, que é um objeto comum, mas as línguas, os alfabetos, as cores, as formas, as referências desta cultura, e daquela, e daquela, e daquela, as repetições a criarem ritmo, a criarem melodia, as repetições a retirarem significado ou a injetarem significado. A vida, a vida é esta palavra repetida-tida-tida às vezes.

Quem são estas personagens? Quem é este Mefistófeles? As perguntas que fazemos agora são ecos das grandes perguntas que a humanidade sempre fez. Eu falo para ti, mas quem és tu? Quem sou eu? Quem somos nós? As perguntas reverberam por dentro, não somos capazes de apagar essa vibração física.

O espaço branco entre as palavras, à volta delas, comunica. A pontuação é uma arquitetura que comunica. O que não é dito comunica. Tudo comunica se lhe procurarmos significado. A palavra é muito mais do que imaginávamos. A palavra chega a ser a não-palavra. As imagens explodem, são clarões. Se não estivéssemos a ler este texto, estaríamos a viver o que está descrito nele mas, incrível e quase paradoxalmente, é isso que estamos a fazer ao lê-lo.

O mundo é enorme porque o amor é enorme. O futuro é infinito porque aceitamos o exercício de imaginá-lo a partir do seu fim. Felipe Franco Munhoz diz-nos que existimos – e dissolvemo-nos – na palavra e, ao fazê-lo, levanta uma bandeira humana de esperança.

Para Manus —
sem amor.

Personagens

Coro *de falsários*
Suposto Mefistófeles
Falsário/Você – talvez
Alma
Nastassja? (reverberação pretérita)
V.
M.
W.
Julia
Socrates
O Fantasmaiminente
A Fantasmaiminente
Pandora (reverberação pretérita)
Caronte
Falsário/Narciso – talvez
Falsário/Ícaro – talvez

cortina – Voz *cortina* – Voz *cortina* – Voz *cortina* – Voz *cortina*
– Voz *cortina* – Voz *cortina* – Voz *cortina* – Voz *cortina* – Voz
cortina – Voz *cortina* – Voz *cortina* – Voz *cortina* – Voz *cortina*
– Voz *cortina* – Voz *cortina* – Voz *cortina* – Voz *cortina* – Voz
cortina – Voz *cortina* – Voz *cortina* – Voz *cortina* – Voz *cortina*
– Voz *cortina* – Voz *cortina* – Voz *cortina* – Voz *cortina* – Voz
cortina – Voz *cortina* – Voz *cortina* – Voz *cortina* – Voz *cortina*
– Voz *cortina* – Voz *cortina* – Voz *cortina* – Voz *cortina* – Voz
cortina – Voz *cortina* – Voz *cortina* – Voz *cortina* – Voz *cortina*
– Voz *cortina* – Voz *cortina* – Voz *cortina* – Voz *cortina* – Voz
cortina – Voz *cortina* – Voz *cortina* – Voz *cortina* – Voz *cortina*
– Voz *cortina* – Voz *cortina* – Voz *cortina* – Voz *cortina* – Voz
cortina – Voz *cortina* – Voz *cortina* – Voz *cortina* – Voz *cortina*
– Voz *cortina* – Voz *cortina* – Voz *cortina* – Voz *cortina* – Voz
cortina – Voz *cortina* – Voz *cortina* – Voz *cortina* – Voz *cortina*
– Voz *cortina* – Voz *cortina* – Voz *cortina* – Voz *cortina* – Voz
cortina – Voz *cortina* – Voz *cortina* – Voz *cortina* – Voz *cortina*
– Voz *cortina* – Voz *cortina* – Voz *cortina* – Voz *cortina* – Voz
cortina – Voz *cortina* – Voz *cortina* – Voz *cortina* – Voz *cortina*
– Voz *cortina* – Voz *cortina* – Voz *cortina* – Voz *cortina* – Voz
cortina – Voz *cortina* – Voz *cortina* – Voz *cortina* – Voz *cortina*
– Voz *cortina* – Voz *cortina* – Voz *cortina* – Voz *cortina* – Voz
cortina – Voz *cortina* – Voz *cortina* – Voz *cortina* – Voz *cortina*

– Voz *cortina* – Voz *cortina* – Voz *cortina* – Voz *cortina* – Voz
cortina – Voz *cortina* – Voz *cortina* – Voz *cortina* – Voz *cortina*
– Voz *cortina* – Voz *cortina* – Voz *cortina* – Voz *cortina* – Voz
cortina – Voz *cortina* – Voz *cortina* – Voz *cortina* – Voz *cortina*
– Voz *cortina* – Voz *cortina* – Voz *cortina* – Voz *cortina* – Voz
cortina – Voz *cortina* – Voz *cortina* – Voz *cortina* – Voz *cortina*
– Voz *cortina* – Voz *cortina* – Voz *cortina* – Voz *cortina* – Voz
cortina – Voz *cortina* – Voz *cortina* – Voz *cortina* – Voz *cortina*
– Voz *cortina* – Voz *cortina* – Voz *cortina* – Voz *cortina* – Voz
cortina – Voz *cortina* – Voz *cortina* – Voz *cortina* – Voz *cortina*
– Voz *cortina* – Voz *cortina* – Voz *cortina* – Voz *cortina* – Voz
cortina – Voz *cortina* – Voz *cortina* – Voz *cortina* – Voz *cortina*
– Voz *cortina* – Voz *cortina* – Voz *cortina* – Voz *cortina* – Voz
cortina – Voz *cortina* – Voz *cortina* – Voz *cortina* – Voz *cortina*
– Voz *cortina* – Voz *cortina* – Voz *cortina* – Voz *cortina* – Voz
cortina – Voz *cortina* – Voz *cortina* – Voz *cortina* – Voz *cortina*
– Voz *cortina* – Voz *cortina* – Voz *cortina* – Voz *cortina* – Voz
cortina – Voz *cortina* – Voz *cortina* – Voz *cortina* – Voz *cortina*
– Voz *cortina* – Voz *cortina* – Voz *cortina* – Voz *cortina* – Voz
cortina – Voz *cortina* – Voz *cortina* – Voz *cortina* – Voz *cortina*
– Voz *cortina* – Voz *cortina* – Voz *cortina* – Voz *cortina* – Voz
cortina – Voz *cortina* – Voz *cortina* – Voz *cortina* – Voz *cortina*
– Voz *cortina* – Voz *cortina* – Voz *cortina* – Voz *cortina* – Voz

Ato I: o amor no fim do futuro

São Paulo, 2020; dezembro. Quarto. Uma estante de livros cruza toda a extensão do palco. Dentre os livros, um grande globo luminoso – apagado. À frente, uma cama de casal king size. *Banqueta. Uma escrivaninha: computador, impressora, papéis. Um barbante, uma chave maior; um barbante, uma chave menor: pendentes. Roupas e roupas em arara. Suposto Mefistófeles, calado, sentado à escrivaninha, concluiu seu dia de trabalho. Entra o Coro: indelével. Talvez um dos falsários corresponda a uma representação de Você.*

Pelas frestas ─────

Em sua essência, cave, cave: ao cerne.
Devasse
no espesso, em seu pregresso – atrás da chave
potências:
devasse: apertos, vidro, a chama, alcovas,
penúrias,

, artifícios, becos, línguas,
tragédias;

atrás da chave (a que promete os ossos):

mergulhe,
mergulhe,
mergulhe.

Você   Achei. Testando. Achei? Não serve.
          Maldita. O que me cabe?, afora a cifra.

[...]
Não tange as fechaduras desta urgência.
[...]
Não leva ao bruto inverso das palavras.
[...]
Não toma o templo – intacto? – das ruínas.
[...]
Não trisca os jarros – brasas cobrem brasas?

Não serve?
           Serve: a busca expande sulcos.
[...]

Perscrute

Better an ignis fatuus
Than no illume at all?

Beleza?:
          Dorme em curvas de cavernas.

Embosque – é muito! – assombros

██████?

　　　　　　　　　: pelas frestas:
　　　　　　　[...]
　　　　　　　por frestas
　　　　　　　[...]
　　　　　　　de frestas.

Uma campainha. Começa a tocar Kaija Saariaho: Lichtbogen. *Suposto Mefistófeles levanta-se da banqueta: para arrastar sua* âncora *doente à- Entra Alma, sem esperar.*

A parábola

Falta apenas um triz
               (impreciso)

à paixão: sem limites ao casco e sem remos;

pois no imenso novelo da aurora parece
               que já somos tudo o que temos.

Ambos livres de máscaras,
bússolas *fora*.

Sigilo? Nas grutas do senso?

Desmedidos, visamo-nos novas potências,
               venturas, contornos, retratos.

               Um retrato que
               deseja um retrato?

Fogaréu: seu vestido mais minha camisa
               modelam-se corpos abstratos.

Alma   Que horas são?

               Pergunto-me no entressegundos.

Ela mesma checa o relógio.

Se esse enlace fatal, catapulta – às estrelas –

que, cumprindo a parábola, atire os arroubos
                        a: tristes abismos profundos?

Ou, então, se a parábola Inválida: a seta
                        perpétua, ascendendo: candente

                        e completa.

Os corpos abstratos, do assoalho, desmodelados. E o vestido (o violeta, as listras alvas) enfunado pela superfície de Alma. Ela sai. Suposto Mefistófeles, nu?, retorna à escrivaninha. Desce, no proscênio, uma tela translúcida – que ocupa todo o palco.

O poema Ainda assim? *acontece projetado na tela: é uma reprodução (adaptação?) do e-mail que Suposto Mefistófeles está escrevendo para Alma – Suposto Mefistófeles e Alma iniciaram, recentemente, um relacionamento.*

Ainda assim? ———

——— Mas: saiba que abarco,   / e facas e facas / e facas e facas
no interno da pele,   / e facas e facas / e facas e facas
memórias – a) fúrias;   / e facas e facas / e facas e facas
b) flocos de neve –   / e facas e facas / e facas e facas
travando as artérias.   / e facas e facas / e facas e facas
Mas: saiba que encerro   / e facas e facas / e facas e facas
palavras, absurdos,   / e facas e facas / e facas e facas
palavras, reflexos,   / e facas e facas / e facas e facas
palavras, mistérios.   / e facas e facas / e facas e facas
Mas: saiba que vivo   / e facas e facas / e facas e facas
no verso dos versos.   / e facas e facas / e facas e facas
Mas: saiba que habito   / e facas e facas / e facas e facas
cenários dantescos   / e facas e facas / e facas e facas
(enigmas voláteis,   / e facas e facas / e facas e facas
palpáveis ravinas);   / e facas e facas / e facas e facas
além de -co-vis- [OM?],   / e facas e facas / e facas e facas
de -vis-co-, um deserto;   / e facas e facas / e facas e facas
perene, o deserto.   / e facas e facas / e facas e facas
Mas: saiba que: vivo?   / e facas e facas / e facas e facas
Mas: saiba que encerro   / e facas e facas / e facas e facas
palavras, gangrenas,   / e facas e facas / e facas e facas
palavras, gavetas,   / e facas e facas / e facas e facas

palavras terríveis.　　　　/ e facas e facas / e facas e facas
Mas: saiba que, às vezes,　/ e facas e facas / e facas e facas
há guinchos vulgares,　　　/ e facas e facas / e facas e facas
lascivos, obscenos.　　　　/ e facas e facas / e facas e facas
Mas: saiba que, interno,　 / e facas e facas / e facas e facas
se vivo carrego　　　　　/ e facas e facas / e facas e facas
promessas do Zero,　　　　 / e facas e facas / e facas e facas
promessas do Abrupto,　　　/ e facas e facas / e facas e facas
crescentes verdades,　　　 / e facas e facas / e facas e facas
volumes-venenos,　　　　　 / e facas e facas / e facas e facas
com facas e facas　　　　　/ e facas e facas / *ad* faca *infinitum*.

A *música é interrompida em 4'12"*.

O poema Parei, pisquei; perdi *acontece projetado na tela: é uma reprodução* (adaptação?) *do e-mail que Suposto Mefistófeles está escrevendo para Julia – Suposto Mefistófeles e Julia configuraram, montado e desmontado e remontado e desmontado, um relacionamento. Começa a tocar Johann Sebastian Bach:* Suíte para violoncelo n.º 1 em Sol Maior, Prelúdio.

Parei, pisquei; perdi ⎯⎯⎯

⎯⎯⎯ Demais: dois anos, três?, que a gente não se vê.
Cerrada, névoa e névoa paira em seu lugar.
Parei, pisquei; perdi momentos e você.
Onde é que a vida, aviso mudo, foi parar?

Partiu-se, letra a letra, a nossa trama. Fim?
Do palco, infértil zona; todo elã um *psiu*?
Remotos focos teimam, fulgem para mim.
Gigante, o palco: e ponto fraco, frágil, frio.

[...]ffffffffjjjjjjjjj;

Segredos -co- guardados; nunca me esqueci.
Talvez enganos, cortes; turva mente – algoz.
Desculpas -vis- guardadas; peço-as por aqui.
Fortuitos: nervos, túneis trazem fel – veloz.

Procura, cada passo, o passo atrás: cadê?
Perdi: três anos, mais?, que a gente não se vê.

ú

Ao término do Prelúdio, entra Alma – sem campainha. Suposto Mefistófeles minimiza, de supetão, a aba Yahoo. Bruscamente, a tela sobe. Começa a tocar Laurie Spiegel: The hollows.

                                    A parábola (coda?) ———

——— Falta apenas um triz

                (imprudente?)

à paixão: sem limites ao casco e sem remos;

pois no imenso novelo da vida

                          (——— *Verso*?)

parece

                que já somos tudo o que temos.

Blecaute.

Entra um drone pela coxia: bruxuleante, atacando o Blecaute.

Colibri ——

—— Infiltrado, o drone.

Por: ego-assomo do artefato?
Por: jóquei-*wireless* desastrado?
Por: ronda?, aceno? – camicase –
de jóquei-*wireless* resoluto?

Jóquei-*wireless*: incógnito em proteção de invólucro vizinho.
Drone: munido ou desprovido de bombas? Jóquei-*wireless*:
membro de milícia?, de facção religiosa?, de partido político?
Drone: com lentes? Jóquei-*wireless*: investigador?, vigia?,
bisbilhoteiro?, com monitores? Drone: adianta-se e – para trás –
e adianta-se – e.

Voou.

A pomba, do fio.
A gaivota, do pesadelo.

Voou?

Colapsos?

e

Jóquei-*wireless*: em protesto?, greve?; em convulsão?
Drone: para trás – e adianta-se – e, desgovernado?, ao teto.
Jóquei-*wireless*: em renúncia ao exercício?; defunto? Drone (espatifando-se): desprovido de bombas, verifica-se. Bru-?

The hollows? – *ruído branco?*

Bruxule-, o *Blecaute*: baluarte? Jóquei-*wireless*: jóquei-*wireless*?

Eyes? – not here?

Bruxu-; nos monitores, [ex-, ex-, ex-] estática, ruído branco?

The hollows? – *ruído branco.*

Bruxulea-; destruído, o drone? Efêmero.

Br-. E o Blecaute, baluarte.

Suposto Mefistófeles e Alma estão na cama, semidespidos. Ela – dedos, dedos, anéis – percorre, tamborilando surdos dedos na cadência de Arnold Schönberg: 5 Klavierstücke, Op. 23: n.º 5, Walzer, a trajetória de uma das cicatrizes de Suposto Mefistófeles; tornozelo direito: ao pé com naturais anestesias borrachentas. Naturais? Adquiridas pós-incisões, pós-resseções no neuroBig

 *Bang*

Suposto Mefistófeles: Nada. Ela pressiona seus lábios: marcas e marcas rubras, de batom, percorrendo a trilha da cicatriz; tornozelo direito: ao pé. Suposto Mefistófeles: Não. Nem os dedos, nem os lábios. Ela esfrega seu sexo (Alma: O sexo, eu duvido), percorrendo o zíper da cicatriz. E Suposto Mefistófeles: Nada. Nem os dedos, nem os lábios, nem o sexo. Ela esfrega uma lixa (Alma: A lixa, eu duvido), percorrendo o relevo da cicatriz. E Suposto Mefistófeles: Não. Nem os dedos, nem os lábios, nem o sexo, nem a lixa. Ela arranha um prego fino de aço (Alma: O prego, eu duvido), percorrendo o queloide, as fragas. E Suposto Mefistófeles: Nada.

Polígrafos

—— Não.

Nem o fogo na flecha.
Nem o sangue no sabre.
Nem a treva (luz fecha).
Nem a cova (breu abre).
Nem os duplos à proa.

Nem fragmentos de Safo.
Nem a nota que soa.
Nem o berro que abafo.
Nada – o *Nada* que oprime.
Nada – a prova dos nove.
Nada – a prova do crime.
Nada mais me comove.

Não.

Não.

Não.

Nem plateia que aplaude.

Nem à lâmpada, insetos.

Nem a burla da fraude.

Nem recintos discretos.

Nem o músculo forte.

Nem a lua que míngua.

Nem o *Noites do Norte*.

Nem as náuseas da língua.

Nada – as vacas profanas.

Nada – a uníssona prece.

Nada – isbás e choupanas.

Nada mais me estremece.

Não.

Não.

A respeito do *Trezentos e quarenta e um*

Alma   Nem Dickinson?

Alma pula da cama e apanha uma folha na escrivaninha; lê – 341 – a folha manuscrita: o caos. Garranchos. Indícios de inseguranças?

The Feet, mechanical, go round – Lá vão, mecânicos, vão – Pés – É Dickinson que você está traduzindo? Ou uma espécie de Basquiat p&b, de Bic-Basquiat, que você está inventando?

O trabalho cotidiano de Suposto Mefistófeles consiste em: traduções – deformações? – da poesia de Emily Dickinson para o português. SupostE milystófeles.

Lá vão, mecânicos, vão – Pés – De Solo?, Aéreo?, Não? –

     Não.
            Não.
     Pés

Ao léu,
~~Madeira, chão, o piso~~   *Wooden way* u-u / u-ê
Pedroso, um riso Quartzo – grão –

     Não.   Não. Não. Não.
Não.
     Vão

[31]

Plúmbico Horário
Cunhado – se   Fúrias / Flocos
~~De Neve, recordar-se: em Gelo, o Ser~~
First – Chill – then Stupor – e: deixar morrer –

Por que você rasurou o *De Neve, recordar-se: em Gelo, o Ser*?
Sublinhou e rasurou? *As Freezing persons, recollect the Snow* –
Eu gostei.

Fumaças de gelo-seco?

Polígrafos (duplos?)

Não.

        Nem o flerte na tela.
        Nem a tela com tintas.
        Nem o canto *a cappella*.
        Nem famílias famintas.
        Nem o frustro sistema.
        Nem a fruta proibida.
        Nem a crença blasfema.
        Nem a placa Saída.
        Nada – a frota, um destroço.
        Nada – a frota à medula.
        Nada – o plano que esboço.
        Nada mais me estimula.

Não.

                                        Não.

Não.

Nem refúgios, derivas.

        Nem perfumes perfeitos.

Nem posturas nocivas.

        Nem seus jogos e jeitos.

Nem o vírus mutante.

        Nem a tribo que embarca.

Nem o choro do infante.

        Nem à lira, Petrarca.

Nada – à lira, Mefisto.
                        Nada – o sino de alerta.
Sacras chagas?, insisto:

                        nada mais me desperta.

Desce, no proscênio, a tela translúcida. O poema Simulacro de funcionamento e fracasso (*Dicionário*) *acontece projetado na tela.*

Simulacro de funcionamento e fracasso (*Dicionário*)

2
engenho que,
ao acionar
diferentes penas
em articulação,
produz cópias
simultâneas de
determinado texto

2
engenho que,
ao acionar
diferentes penas
em articulação,
produz cópias
simultâneas de
determinado texto

2
engenho que,
ao acionar
diferentes penas
em articulação,
produz cópias
simultâneas de
determinado texto

2
engenho que,
ao acionar
diferentes penas
em articulação,
produz cópias
simultâneas de
determinado texto

2
engenho que,
ao acionar
diferentes penas

2
engenho que,
ao acionar
diferentes penas

em articulação,
produz cópias
simultâneas de
determinado texto

em articulação,
produz cópias
simultâneas de
determinado texto

2
engenho que,
ao acionar
diferentes penas
em articulação,
produz c

2
engenho que,
ao acionar
diferentes penas
em articulação,
produz cópias
simultâneas de
determinado texto

2
engenho que,
ao acionar
diferentes penas
em articulação,
produz cópias
simultâneas de
determinado texto

2
engenho que,
ao acionar
diferentes penas
em articulação,
produz cópias
simultâneas de
determinado texto

Blecaute e começa a tocar Tom Waits: New Year's Eve.

Durante New Year's Eve, *ainda em blecaute, Alma acende uma vela. Entra Suposto Mefistófeles. Alma acende outra vela. Candente. Completa? Outra. Candentes. Um dos* falsários *acende o globo luminoso. Súbito, em 1'52", a música é interrompida; substituída por: Lou Reed:* Berlin *(1972), a partir de 1'52".*

                                                                               1'53", ——

—— *Entra uma reverberação pretérita de Nastassja?.* Berlin? *Nastassja? acende uma vela. Outra. Outra. O quarto está cheio de velas, que Nastassja? Outra e Outra Alma Outra acendem Outra.*

                    z

    igue-

                zague

   s?:

                                                                                       e:

					1'54", ———

——— *E poeiras, em contrapartida, alastram-se Poeiras, em contrapartida,*
alastram-se Poeiras pelo palco; porque

uma   mpulheta
    ampulhet
      p   lh
       u
      ulh
  a   pulheta
    mp   lheta surreal: reversa?, não?,
                      reversa e
                      rachada?, arremessa grãos de areia,
                              sinais

flamba Lou, ao toca-fitas

                    a
                            a
                 u
                  l
                p
              m
            a   u   a

                                  rápidos,

                                                  =

incontroláveis,
distorcidos,
ao cérebro

                        desprevenido;

1'55", ———

——— *E a mobília e a estante e os livros e o globo e Suposto Mefistófeles e Alma e Nastassja? e o Coro – ao decorrer do poema, revestidos de poeira, de areias; afinal,*

zanzam

no
lapso
de
elipses

n
zilhões
de

sinapses.

Nervos, túneis: estreitos?, fortuitos? A música é interrompida em 2'26", quando o quarto já está bem iluminado. Alma, nua?, sobe na cama: bamboleia? Nastassja?, ¡Olé! libido, sai. Começa (a partir de 1'56") a tocar Tom Waits: New Year's Eve. Um lapso – elipse? Suposto Mefistófeles distrai-se com a coxia.

Coxias

Devasse

potências:

penúrias,

tragédias;

mergulhe,
mergulhe,
mergulhe.

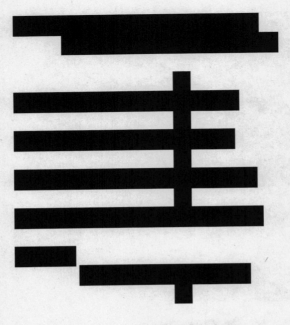

Perscrute

pura sombra?

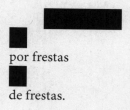

por frestas

de frestas.

Blecaute

e:
Should auld acquaintance be forgot, and never brought to mind? /
Should auld acquaintance be forgot for the sake of auld lang syne?.

Madrugada. Negrume. Alma (para Suposto Mefistófeles, que praticamente delira) cantarola melodias pacíficas, pueris (por exemplo, Johannes Brahms: Wiegenlied, Op. 49, n.º 4*); e sussurra:* Shhhhh..........; *e cantarola; e sussurra:* Shhhhhhhhhh....................

Agonias ———

——— Linda, eu não consigo mais:
intrapálpebras à noite, à sorte:
manchas – ânsias guturais,
guerra em marcha, ausências, campas, morte.

Boatos?

Alma: Shhhhhhhhhhhhhhhhhhhhh..

Linda, eu não consigo mais:
intrapálpebras à noite (e cedo):
manchas – filmes?, ou punhais?;
vejo, sempre, um torvo-sestro enredo.

Presságio?

Between the desire
And the spasm
Between the potency
And the existence

Galáxia; e sólido – infeliz?
Insosso, indica-se o porvir.
A mais nefasta cicatriz,
fragosa, atroz, irá sumir.

> *Between the essence*
> *And the descent*
> *Falls the Shadow*

Linda, eu não consigo errar:
intrapálpebras à noite, à sorte,
fisgo a Terra, astroso lar,

> girando e *girando*,
> só uma pedra irregular, só,
> disforme, só um rochedo, só –
> *girando*, pálido perfil, desértico,
> desabitado, pálido perfil, apagado
> – Shantih, girando e *girando*, em
> queda (incessante) no espaço,
> girando, em solidão violenta,
> espancado?, e amassado?,
> *girando*, em queda.

Findo.

Galáxia; e sólido – infeliz?
Insosso, indica-se o porvir.
A mais nefasta cicatriz,
fragosa, atroz, irá sumir.

(?)

> Mesmo
> os bisturis
> – revestidos de poeira.
> Mesmo
> os cemitérios.

Galáxia; e sólido – infeliz?
Insosso, indica-se o porvir.

> *First – Chill – then Stupor – then the letting go –*

Começa a tocar Sterre Konijn: Desierto.

A mais nefasta cicatriz,
fragosa, atroz, irá sumir.

Los laberintos / que crea el tiempo / se desvanecen. // (Solo queda / el desierto.) *Suposto Mefistófeles levanta-se da cama*

> estrala:
> estrado

: *para arrastar sua* árvore neural *doente*

>   toc *e* щ
>   *e* toc *e*
>   щ *e* toc

à estante. El corazón, / fuente del deseo, / se desvanece. *Ele o qué?*: negrume *fita o globo luminoso? – apagado*. (Solo queda / el desierto.) *Ele acende o globo*. La ilusión de la aurora / y los besos / se desvanecen. *Alma levanta-se da cama para abraçar Suposto Mefistófeles. O globo luminoso: aceso, mas não rutilante.* Solo queda / el desierto. / Un ondulado / desierto. *E no exato instante em que a música termina, em 1'29", Suposto Mefistófeles desliga o globo. Blecaute.*

                                                                Aparte ——

—— **Alma** Estima-se que

                                                                        n
                                                                   zilhões
                                                                      de

mais de cem bilhões de cadáveres,
mais de cem bilhões de cadáveres,
mais de cem bilhões de cadáveres,
mais de cem bilhões de cadáveres,
mais de cem bilhões de cadáveres,
mais de cem bilhões de cadáveres,
mais de cem bilhões de cadáveres,
mais de cem bilhões de cadáveres,
mais de cem bilhões de cadáveres,

                                                                      o?,

[A máquina cósmica e] Queda

O céu

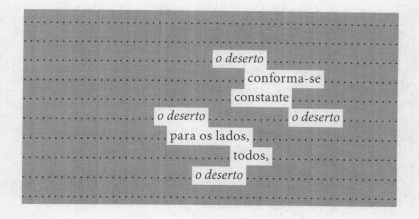

: deslocando-se (
inserto, às correntes,
na máquina cósmica,
o próprio deserto
).

Blecaute.

deserto – Voz *cortina* – Voz *deserto* – Voz *cortina* – Voz *deserto*
– Voz *cortina* – Voz *deserto* – Voz *cortina* – Voz *deserto* – Voz
cortina – Voz *deserto* – Voz *cortina* – Voz *deserto* – Voz *cortina*
– Voz *deserto* – Voz *cortina* – Voz *deserto* – Voz *cortina* – Voz
deserto – Voz *cortina* – Voz *deserto* – Voz *cortina* – Voz *deserto*
– Voz *cortina* – Voz *deserto* – Voz *cortina* – Voz *deserto* – Voz
cortina – Voz *deserto* – Voz *cortina* – Voz *deserto* – Voz *cortina*
– Voz *deserto* – Voz *cortina* – Voz *deserto* – Voz *cortina* – Voz
deserto – Voz *cortina* – Voz *deserto* – Voz *cortina* – Voz *deserto*
– Voz *cortina* – Voz *deserto* – Voz *cortina* – Voz *deserto* – Voz
cortina – Voz *deserto* – Voz *cortina* – Voz *deserto* – Voz *cortina*
– Voz *deserto* – Voz *cortina* – Voz *deserto* – Voz *cortina* – Voz
deserto – Voz *cortina* – Voz *deserto* – Voz *cortina* – Voz *deserto*
– Voz *cortina* – Voz *deserto* – Voz *cortina* – Voz *deserto* – Voz
cortina – Voz *deserto* – Voz *cortina* – Voz *deserto* – Voz *cortina*
– Voz *deserto* – Voz *cortina* – Voz *deserto* – Voz *cortina* – Voz
deserto – Voz *cortina* – Voz *deserto* – Voz *cortina* – Voz *deserto*
– Voz *cortina* – Voz *deserto* – Voz *cortina* – Voz *deserto* – Voz
cortina – Voz *deserto* – Voz *cortina* – Voz *deserto* – Voz *cortina*
– Voz *deserto* – Voz *cortina* – Voz *deserto* – Voz *cortina* – Voz
deserto – Voz *cortina* – Voz *deserto* – Voz *cortina* – Voz *deserto*
– Voz *cortina* – Voz *deserto* – Voz *cortina* – Voz *deserto* – Voz
cortina – Voz *deserto* – Voz *cortina* – Voz *deserto* – Voz *cortina*
– Voz *deserto* – Voz *cortina* – Voz *deserto* – Voz *cortina* – Voz
deserto – Voz *cortina* – Voz *deserto* – Voz *cortina* – Voz *deserto*
– Voz *cortina* – Voz *deserto* – Voz *cortina* – Voz *deserto* – Voz
cortina – Voz *deserto* – Voz *cortina* – Voz *deserto* – Voz *cortina*

– Voz deserto – Voz cortina – Voz deserto – Voz cortina – Voz
deserto – Voz cortina – Voz deserto – Voz cortina – Voz deserto
– Voz cortina – Voz deserto – Voz cortina – Voz deserto – Voz
cortina – Voz deserto – Voz cortina – Voz deserto – Voz cortina
– Voz deserto – Voz cortina – Voz deserto – Voz cortina – Voz
deserto – Voz cortina – Voz deserto – Voz cortina – Voz deserto
– Voz cortina – Voz deserto – Voz cortina – Voz deserto – Voz
cortina – Voz deserto – Voz cortina – Voz deserto – Voz cortina
– Voz deserto – Voz cortina – Voz deserto – Voz cortina – Voz
deserto – Voz cortina – Voz deserto – Voz cortina – Voz deserto
– Voz cortina – Voz deserto – Voz cortina – Voz deserto – Voz
cortina – Voz deserto – Voz cortina – Voz deserto – Voz cortina
– Voz deserto – Voz cortina – Voz deserto – Voz cortina – Voz
deserto – Voz cortina – Voz deserto – Voz cortina – Voz deserto
– Voz cortina – Voz deserto – Voz cortina – Voz deserto – Voz
cortina – Voz deserto – Voz cortina – Voz deserto – Voz cortina
– Voz deserto – Voz cortina – Voz deserto – Voz cortina – Voz
deserto – Voz cortina – Voz deserto – Voz cortina – Voz deserto
– Voz cortina – Voz deserto – Voz cortina – Voz deserto – Voz
cortina – Voz deserto – Voz cortina – Voz deserto – Voz cortina
– Voz deserto – Voz cortina – Voz deserto – Voz cortina – Voz
deserto – Voz cortina – Voz deserto – Voz cortina – Voz deserto
– Voz cortina – Voz deserto – Voz cortina – Voz deserto – Voz
cortina – Voz deserto – Voz cortina – Voz deserto – Voz cortina
– Voz deserto – Voz cortina – Voz deserto – Voz cortina – Voz
deserto – Voz cortina – Voz deserto – Voz cortina – Voz deserto
– Voz cortina – Voz deserto – Voz cortina – Voz deserto – Voz

Intervalo

No foyer, um café. Três cavaletes de vidro (de Lina Bo Bardi). Os poemas da subseção Cavaletes de vidro *manifestam-se no interior dos retângulos.*

								Cavaletes de vidro
								1. Vieses ⎯⎯⎯

⎯⎯⎯ um retrato

: preso
em um cavalete de vidro |
que deseja

				(pasmo)
um retrato

: preso
em um cavalete de vidro |
que deseja

2. São João

Vinte e quatro de junho de 2021. Uma vila na Provença. Car l'on croit toujours aux doux mots d'amour / Nas trincheiras da alegria / Quand ils sont dits avec les yeux / O que explodia era o amor. *Longe do alarido, longe da festa [*Fête de la Saint-Jean, *Jules Breton superposto a* Bandeirinhas, *Alfredo Volpi], em uma esquina de uma encruzilhada recôndita, dois desconhecidos provam-se no tato: V. (nacionalidade: francesa; falante de: francês e marquesano) e M. (nacionalidade: brasileira; falante de: português, espanhol e inglês) – prospectos?, insubsistentes prospectos; línguas?, inúteis línguas (exceto as polpas).*

VVVVVIIIE   VIDAAAAA
VVVVVIIIE   VIDAAAAA
VVVVVIIIE   VIDAAAAA
VVV VIIIE   VIDAAAAA
      V
VVVVVOIE   VIAAAAA
VVVVVOIE   VIAAAAA
VVVVVOIE   VIAAAAA
VVVVVOIE   VIAAAAA

o

3. Tirita? ———

A Pomba
de cerâmica
, escultura,
——— calada, sobre cobre, ———————————————

——————————————————————— sobre cobre. ———

cortina–Voz *cortina*–Voz *cortina*–Voz *cortina*–Voz *cortina*–Voz *cortina*–Voz *cortina*–Voz *cortina*–Voz *cortina*–Voz
cortina–Voz *cortina*–Voz *cortina*–Voz *cortina*–Voz *cortina*–Voz *cortina*–Voz *cortina*–Voz *cortina*–Voz *cortina*–Voz
cortina–Voz *cortina*–Voz *cortina*–Voz *cortina*–Voz *cortina*–Voz *cortina*–Voz *cortina*–Voz *cortina*–Voz *cortina*–Voz
cortina–Voz *cortina*–Voz *cortina*–Voz *cortina*–Voz *cortina*–Voz *cortina*–Voz *cortina*–Voz *cortina*–Voz *cortina*–Voz
cortina–Voz *cortina*–Voz *cortina*–Voz *cortina*–Voz *cortina*–Voz *cortina*–Voz *cortina*–Voz *cortina*–Voz *cortina*–Voz
cortina–Voz *cortina*–Voz *cortina*–Voz *cortina*–Voz *cortina*–Voz *cortina*–Voz *cortina*–Voz *cortina*–Voz *cortina*–Voz
cortina–Voz *cortina*–Voz *cortina*–Voz *cortina*–Voz *cortina*–Voz *cortina*–Voz *cortina*–Voz *cortina*–Voz *cortina*–Voz
cortina–Voz *cortina*–Voz *cortina*–Voz *cortina*–Voz *cortina*–Voz *cortina*–Voz *cortina*–Voz *cortina*–Voz *cortina*–Voz
cortina–Voz *cortina*–Voz *cortina*–Voz *cortina*–Voz *cortina*–Voz *cortina*–Voz *cortina*–Voz *cortina*–Voz *cortina*–Voz
cortina–Voz *cortina*–Voz *cortina*–Voz *cortina*–Voz *cortina*–Voz *cortina*–Voz *cortina*–Voz *cortina*–Voz *cortina*–Voz
cortina–Voz *cortina*–Voz *cortina*–Voz *cortina*–Voz *cortina*–Voz *cortina*–Voz *cortina*–Voz *cortina*–Voz *cortina*–Voz
cortina–Voz *cortina*–Voz *cortina*–Voz *cortina*–Voz *cortina*

– Voz *cortina* – Voz *cortina* – Voz *cortina* – Voz *cortina* – Voz
cortina – Voz *cortina* – Voz *cortina* – Voz *cortina* – Voz *cortina*
– Voz *cortina* – Voz *cortina* – Voz *cortina* – Voz *cortina* – Voz
cortina – Voz *cortina* – Voz *cortina* – Voz *cortina* – Voz *cortina*
– Voz *cortina* – Voz *cortina* – Voz *cortina* – Voz *cortina* – Voz
cortina – Voz *cortina* – Voz *cortina* – Voz *cortina* – Voz *cortina*
– Voz *cortina* – Voz *cortina* – Voz *cortina* – Voz *cortina* – Voz
cortina – Voz *cortina* – Voz *cortina* – Voz *cortina* – Voz *cortina*
– Voz *cortina* – Voz *cortina* – Voz *cortina* – Voz *cortina* – Voz
cortina – Voz *cortina* – Voz *cortina* – Voz *cortina* – Voz *cortina*
– Voz *cortina* – Voz *cortina* – Voz *cortina* – Voz *cortina* – Voz
cortina – Voz *cortina* – Voz *cortina* – Voz *cortina* – Voz *cortina*
– Voz *cortina* – Voz *cortina* – Voz *cortina* – Voz *cortina* – Voz
cortina – Voz *cortina* – Voz *cortina* – Voz *cortina* – Voz *cortina*
– Voz *cortina* – Voz *cortina* – Voz *cortina* – Voz *cortina* – Voz
cortina – Voz *cortina* – Voz *cortina* – Voz *cortina* – Voz *cortina*
– Voz *cortina* – Voz *cortina* – Voz *cortina* – Voz *cortina* – Voz
cortina – Voz *cortina* – Voz *cortina* – Voz *cortina* – Voz *cortina*
– Voz *cortina* – Voz *cortina* – Voz *cortina* – Voz *cortina* – Voz
cortina – Voz *cortina* – Voz *cortina* – Voz *cortina* – Voz *cortina*
– Voz *cortina* – Voz *cortina* – Voz *cortina* – Voz *cortina* – Voz
cortina – Voz *cortina* – Voz *cortina* – Voz *cortina* – Voz *cortina*
– Voz *cortina* – Voz *cortina* – Voz *cortina* – Voz *cortina* – Voz

=

Ato II: deslocamento animal

*Vinte e quatro de junho de 2021. Centro de São Paulo: Avenida
Ipiranga, 200. Bloco B. Trigésimo andar. Apartamento (caverna?)
3013, inerente à curva. 6:19. W. acorda. W.: Havaianas; tapete
persa; três metros, banheiro, pia.*

━━━━━━━━━━━━━━━━━━━━━━━━━━━━━━━ Lâmina? ━━━━

━━━━ Trago à cútis: quanta
carga – quanto tranco, trinco,
golpe – alguém aguenta.

W.: *Colgate* Classic Clean, *Sensodyne* Repair & Protect, *Listerine*
Cool Mint; *Flash Cat Eye* by Infallible *(Cleópatra, para a* call *com
o mídia, às 8:00, no Zoom);* dois metros, bancada; iPhone XR;
Folha de S.Paulo

[*Folha de S. Paulo*]
**Cai Salles, que conduziu
agenda antiambiental no Meio
Ambiente**

**Alvo de repressão na China,
jornal deixa de circular**
O Apple Daily, jornal pró-
-democracia de Hong Kong
e alvo de repressão da China,
publicou nesta quinta (quarta
no Brasil) sua última edição
impressa. O diário atribui
o fechamento à falta de
segurança de seus funcionários.

; *cinquenta centímetros, Adria* Biscoito Cracker *(5); cinquenta e cinco centímetros,* Oster 100°C; *cinquenta e cinco centímetros, Twinings* Earl Gray *e Johnnie Walker* Red Label *(somente um splash); Ritalina* cloridrato de metilfenidato *(½); vinte centímetros, MacBook Air. Blecaute e começa a tocar Wayne Shorter*: Bachianas brasileiras n.º 5.

Três de agosto de 2021. São Paulo. Um motel na Barra Funda.
Suposto Mefistófeles e Julia – quatro anos, mais?, que não se viam.

                        Direto ao ponto – de exclamação ———

——— Quase nada vindo ao caso,   …..Mmmh!

                        -emory. O say, love, say,

digo, cara a cara, a sós: …..Ah!
vá, corrija o largo atraso,   …..Mmmh!

                                  4'11"

gema até fugir-lhe a voz.   ….. !

A música dissipa-se em fade out *a partir de 4'24".*

Pontos consecutivos

..... !!

Blecaute.

Onze de setembro de 2021. Uma paisagem velada – mas:
Manhattan. Entra Socrates, quarenta e seis anos, nova-iorquino,
corretor da bolsa de valores de sua cidade natal.

O milésimo primeiro ———

——— Observo, silente, a fornalha:
formando-se unido registro;
não tenho certeza se um grito
suplica socorro, abafado.
A última acácia farfalha
farrapos, conjunto sinistro.
Tal grito escutado – que omito:
qual grito? –, pertence ao passado.

        Observo paisagens veladas:
        cobertas de ferro e de brumas;
        o quadro, em neon (pisca e some),
        de corvos no campo sem trigo.
        Observo mil forcas (charadas?):
        penduram pessoas, algumas;
        nenhuma, porém, tem meu nome
        gravado; silente, prossigo.

Observo, silente, um enxurro
de ratos: que ratos, devoram;
se riso, naufrágio – ruína
de lápides –; boca banguela.

*O palco eletrônico, burro, com bestas: que bestas, adoram; faminta,
a letárgica assina: Produto de Deus, da Costela.*

                        Observo paisagens veladas:
                        cobertas de ferro e de brumas;
                        o quadro, em neon (pisca e some),
                        com corvos no campo sem trigo.

NevermoreNevermoreNevermoreNevermoreNevermoreNevermore

                        Observo mil forcas (charadas?):
                        penduram pessoas, algumas;
                        nenhuma, porém, tem meu nome
                        gravado; silente, prossigo.

Observo paisagens veladas:
milagre?, deleite?, sepultos;
o quadro, em neon (pisca e some),
com uma das aves Suspeita.
Observo mil forcas (charadas?):
prossigo estrangeiro a tumultos;
porém, de repente, meu nome
gravado; e carrascos: na espreita.

Blecaute.

*Nove de janeiro de 2022. Centro de São Paulo: Avenida Ipiranga,
200. Bloco B. Trigésimo andar. Apartamento (caverna?) 3013,
inerente à curva. Banheiro. 19:12. Entra W. – e W. entra no boxe.
W.: Deca, Q; e Lorenzetti Maxi Ducha: torrente. Começa a tocar
Laura Liben: She herself alone (ref. gravação de Margaret Lang
Tan, de 2010).*

Choque térmico ———

——— Es

W.: *Everyone* 3in1 Soap Citrus + Mint.

pu ma:àes tru tu ra:en sa bo a:in tei-ra.
Lembranças *vedadas?, torrente invade?* –
nos braços de M., na valsa à beira
de espúrio penhasco – em pavor. Saudade?

Frenética?, W. fricciona o crânio,
blindando as retinas, molhando os cachos,
mantendo aquecido o pavio cutâneo;
rebaixam-se ao ralo, resquícios graxos.

*Quanta
carga – quanto tranco, trinco,
golpe – alguém aguenta?*

=

Fricciona o pescoço, declive: seio:
detém-se. (Uma bolha-balão decola
propensa a estourar: destemida, adveio:
rebenta.) (No lóbulo esquerdo, a argola

de prata balança; e, na orelha adversa,
repete-se: leve.) Lembranças – bustos
queimando, rolando – em tapete persa –
brotando – espontâneas, de ardis injustos.

                        W.: tranco?: ontológico?;
                          trinco?; golpe?: sarcástico?

Fricciona e transfere-se: acossa e caça,
dispondo-se a caça do encalço às garras.
Molhados, achatam-se os cachos: massa
de mechas castanhas, fractais. Bizarras

lembranças incidem – Aceito – altares
fictícios – e a pílula agindo à lasca
da mescla – entremeio de coxas, pares
noturnos – e dente que dente masca.

Fricciona a barriga, declive: tocos
de pelos. (Um pelo encravado.) Arfante,
flexiona os joelhos. Palpites ocos.
Agacha-se ao mar do azulejo. Avante,

detém-se na vulva: clitóris.

W. conserva-se encolhida, quadris apoiados nos calcanhares, até alcançar o clímax. Alcança – a música, em 3'51". Ofega – a música, em 4'18". Reergue-se. A música, em 4'28", é interrompida. W.: Deca, Q; Lorenzetti Maxi Ducha: torrente represada. W. aguarda. Pingo, pingo, pingo. Pingo, pingo. Pingo. W.: Deca, F: torrente. E W., aos efeitos da água arrefecida, chacoalha-se: personificando Eletricidade. (Hábito diário; W. acredita que, no choque térmico, descola-se da prévia W.: descola- se. Inocente?)

Desce, no proscênio, a tela translúcida. O poema As palavras finais de Socrates *acontece projetado na tela. Quinze de fevereiro de 2022. Uma quitinete – mas: Brooklyn. Começa a tocar Glenn Miller:* Take the "A" train.

As palavras finais de Socrates

*Socrates, quarenta e sete anos, nova-iorquino, corretor da bolsa de valores de sua cidade natal, falido (condenado?; esquadrinhou, mas não se deparou com perspectivas: não se deparou com a solução para quitar acumuladas dívidas aterradoras), entre abandonar NYC ou exilar-se das redes sociais – da contínua exposição de pequenas glórias maquiadas / pequenos logros –, opta por entornar um cálice de tóxica substância (*Conium maculatum*) perante pupilas de amigos e de espectadores[1] aleatórios.*

Percebo as pernas Pedra e Pedra; falo
De graça – agora vale *nulo*, o galo.
Perdão? Lamento; não me culpo, esquivo.
Perfídia: o dólar?, ceifo extinto ativo.

---

[1] Um dos amigos transmitiu o decesso de Socrates na internet (a transmissão, devido ao sinal 4G oscilante, iniciou-se na esteira das palavras finais do suicida; palavras retidas, portanto, com exclusividade na cabeça dos fisicamente presentes [há divergências em relação ao termo "galo"]). O vídeo-*live, on-line* às 11:19 a.m., horário local, do dia quinze de fevereiro de 2022, chegou a atrair cliques, cliques, visualizações (curiosos em abundância) e comentários (em inglês, português, italiano, russo) abrangendo amplo espectro de teor. Três, quatro, cinco; dez minutos –

e

e o interesse pelo mórbido espetáculo, entretanto, atenuava-se e – dez, quinze minutos – atenuava-se, até que – dezessete –: dispersão. E 11:38 a.m.: *transmissão consumada*.[2]

[2] E o amigo realizou uma transmissão posterior, *on-line* às 10:23 p.m., horário local, do dia quinze de fevereiro de 2022: um vídeo-*live* no *dive bar* Alibi; clima jubiloso – aspecto normal. Mas: o que seria *normal*? Ou: o que seria *anormal*? E: o que será que pode ter ocorrido no entretransmissões?

A música é interrompida em 3'13".

Letreiro: Vinte e seis de julho de 2022. Centro de São Paulo: avenida Ipiranga, 200. Bloco B. Trigésimo andar. Apartamento (caverna?) 3013, inerente à curva. 6:41. W. acorda. W.: Havaianas; tapete persa; três metros, banheiro, pia; Curaprox *Soft*, Sensodyne *Repair & Protect*, Listerine *Cool Mint*; *Flash Cat Eye* by Infallible (call *com o dupla, às 8:15, no Zoom)*; dois metros, bancada; iPhone *XR* – mensagem de M., imprevisível, sete caracteres, 1.*s* 2.*a* 3.*u* 4.*d* 5.*a* 6.*d* 7.*e.*

[*Lorem Ipsum*]
Qui dolorem ipsum, quia dolor sit amet consectetur adipiscing velit

Charon, cui plurima mento canities inculta iacet, stant lumina flamma, sordidus ex

Ipsum dolorem ipsum trattando l'ombre dolorem ipsum dolorem come cosa salda ipsum dolorem ipsum umeris nodo dependet amictus. Ipse dolorem ipsum ratem conto subigit uelisque ministrat et ferruginea subuectat corpora cymba, iam senior sed cruda deo uiridisque senectus.

Quinze de outubro de 2022. Território ignoto. O poema Dicotomia
acontece nas costas da tela translúcida. Entra a silhueta de Alma.
Começa a tocar Brian Eno: New moons.

                                         Dicotomia ———

——— uma silhueta, Alma

: presa
no vínculo?, presa?,
que deseja

                        (pasma)

uma silhueta

: em leito adúltero –
em delito? –
que deseja

uma silhueta, Alma, que – exausta de imaturos rompantes, da *nefasta cicatriz*, do *pálido perfil*. (Nesta *Madrugada*, Suposto Mefistófeles: nocauteado por Zolpidem. E Alma decidiu sair. Aplicativo de transportes: Quarto–Balcão. Drinques? E Alma decidiu transar. Aplicativo de Coitos Casuais. Cadastrou-se. Fácil. Escolheu uma Silhueta Randômica; reciprocamente, foi escolhida. Fácil. Aplicativo de transportes: Balcão–Higienópolis/Santa Cecília. *Hipster*? Centenas de utensílios *Alheios* e enfeites *e estranhos*. Um sofá puído. Objetos irrelevantes. Fugacidade. Centenas de expressões *Alheias* e feições *e estranhas*. Um sorriso curto. Caretas irrelevantes.

Fugacidade. Leito adúltero. Fugacidade. Adeus. Fácil? Aplicativo de Coitos Casuais deletado. Aplicativo de transportes: Higienópolis/Santa Cecília–Quarto. Suposto Mefistófeles: nocauteado por Zolpidem.)

Aparte? ─────

───── mais de cem bilhões de cadáveres,
mais de cem bilhões de cadáveres,
mais de cem bilhões de cadáveres,
mais de cem bilhões de cadáveres,
mais de cem bilhões de cadáveres,
mais de cem bilhões de cadáveres,
mais de cem bilhões de cadáveres,
mais de cem bilhões de cadáveres,
e você tem medo; e você: covarde.

E a música entrega-se às vertigens de seu
extremo precipício:
elástico precipício
elástico precipício
elástico precipício
elástico precipício.

Quinze de outubro de 2022. Território ignoto. O poema Sem Alma? *acontece – rodopiante – projetado na tela.*

Sem Alma? ──

── p
r a
a r a
u s o p
p a r a f
o p a r a f
a r a f u s o

                    a r a f u s o
                    o p a r a f
                    p a r a f
                    u s o p
                    a r a
                    r a
                    p

                                            p
                                            r a
                                            a r a
                                            u s o p
                                            p a r a f
                                            o p a r a f
                                            a r a f u s o

          a r a f u s o
          o p a r a f
          p a r a f
          u s o p
          a r a
          r a
          p

                    a r a f u s o
                    o p a r a f
                    p a r a f
                    u s o p
                    a r a
                    r a
                    p

                                            a r a f u s o
                                            o p a r a f
                                            p a r a f
                                            u s o p
                                            a r a
                                            r a
                                            p

Ninguém?

d

                                        Vozes?, Cortinas? ———

——— Sêmen?, Florestas?
Proles bastardas?
Rusgas funestas?
Glosas?, Vanguardas?

                         Após a fresta
                         rasgada à foice,
                         nenhum de nós.

                                    I think I know enough of hate

Fetos?, Placentas?
Plásticas dunas?
Câmeras lentas?
Mágoas gatunas?

Blecaute.

Trinta e um de dezembro de 2022. São Paulo. Apartamento paulistano de classe média em Pinheiros. Detrás de uma sacada miúda, espocam, esparsos, interpostos a concreto- -concreto, fogos de artifício. Em um sistema de som bluetooth *(conectado ao celular de Alma) está tocando George McCrae:* You can have it all. *Falsários dançam; falsários: íntima turma. Suposto Mefistófeles anota algo no dorso da mão canhota. A música suscita elevações no tom da conversa.*

Jornadas indefinidas?

Alma   O que você-?
Suposto Mefistófeles [*trabalhando na mão*]   Uma ideia. Quinhentos e trinta e cinco.
Alma   Ideias, ideias.

Pausa.   / e facas e facas / e facas e facas
                  / e facas e facas / e facas e facas
                  / e facas e facas / e facas e facas

Suposto Mefistófeles [*trabalhando na mão*]   Para *She's tearful – if she weep at-*

Em 1'14", o celular de Alma apita – o apito intrometendo-se na música.

Alma   Putz.
Suposto Mefistófeles [*trabalhando na mão*]   O chefe?

Pausa.

Alma [*contendo o tom; suprimido, um verbo*]   Desconectar o telefone da-

E (sobrevoando o sobressalto gerado na sala pela desconexão, em 1'53", do celular de Alma) compreendemos (repentino destaque) uma interjeição de alívio: .....Uh! – Suposto Mefistófeles vira-se, acelerado, para a saliência sonora. Julia? Julia: na sala. O ambiente é impregnado por

cox-ix-oscox-i-xosco-xix-osco-xi-xos

cochichos.

Suposto Mefistófeles [*contendo o tom; suprimido, um verbo*]   Dar um oi, ali.

Alma, absorta, focada em seu trabalho, não responde. Suposto Mefistófeles, caneta empunhada, manca até Julia para cumprimentá-la.

cox-ix-oscox-i-xosco-xix-osco-xi-xos

O celular

cox-ix-oscox-i-xosco-xix-osco-xi-xos

de um dos falsários

cox-ix-oscox-i-xosco-xix-osco-xi-xos

                                                concreto-

                              fogos de artifício

                  -concreto

é conectado

cox-ix-oscox-i-xosco-xix-osco-xi-xos

*ao sistema de som; começa (recomeça: a partir de 0") a tocar
George McCrae: You can have it all. Suposto Mefistófeles manca,
de volta, até Alma.*

Alma [*trabalhando no celular*]   A mulher, ali?
Suposto Mefistófeles   Uma ex-:

                       [*ex-, ex-, ex-*] *estática, ruído branco?*

ex-colega. De escola.

                                              Is life very long?

Alma [*trabalhando no celular*]   A mulher, ali, uma-?

Falsários *dançam.*

t

Suposto Mefistófeles Colega de escola. Da turma. Julia.

Alma [*trabalhando no celular*] Julia.

Suposto Mefistófeles Economista. Está de mudança para Nova York. Julia já morou nos Estados Unidos. E eu sei que namorou aquele suicida espetaculoso.

Alma [*trabalhando no celular*] Aquele suicida?

Suposto Mefistófeles O corretor da bolsa. Mas o motivo da mudança-

Alma [*trabalhando no celular*] Pega um espumante, por favor?

Suposto Mefistófeles Não vem ao caso. Quase nada vem.

Suposto Mefistófeles manca até um aparador para pegar o espumante solicitado. Julia, taça transbordante, caminha no sentido contrário. Passando, Julia roça o dorso de sua mão destra no dorso da mão canhota de Suposto Mefistófeles; e, apesar da intensa You can have it all, *compreendemos Julia: .....Oh! – em sussurro. Um atrevimento? Alma, absorta, focada em seu trabalho, não repara. Não repara?*

p

O trabalho cotidiano de Alma consiste em: rotações de parafusos, rotações, rotações. Com frequência incômoda, jornada indefinida, apitam parafusos – fantasiados de indagações, parafusos fantasiados de sugestões, mas Convocatórias cruciais, Ordens: no permanente fluxo Diálogo chefia-funcionária. Apitam parafusos fantasiados. E são necessários apertos (ou afrouxamentos), apertos que Alma, Combinado, performa em seu dispositivo móvel.

<u>r a</u>
<u>a r a</u>
<u>u s o p</u>
<u>p a r a f</u>
<u>o p a r a f</u>
<u>a r a f u s o</u>

                     <u>a r a f u s o</u>
                     <u>o p a r a f</u>
                     <u>p a r a f</u>
                     <u>u s o p</u>
                     <u>a r a</u>
                     <u>r a</u>
                     <u>p</u>

Apertos. (Ou afrouxamentos.) E falsários dançam. E Suposto Mefistófeles pega o espumante e manca, de volta, até Alma.

Alma [*trabalhando no celular*]   Obrigada.

Suposto Mefistófeles confere o dorso da mão canhota: nódoa.

Suposto Mefistófeles   Não!

                                                      concreto-
Suores?

                           fogos de artifício
O contato?
                -concreto

Borrou.

A deformação deformada.

Ilegível.

Alma Que horas são? Encerrei.
Suposto Mefistófeles Borrou!

Ela mesma checa o relógio.

Alma Borrou? Quinze para a quinhentos e trinta e seis. [*Deliberadamente inaudível.*] Para a improfícua quinhentos e trinta e seis.

Ela experimenta o espumante.

Delícia. Prosecco?

No curso do fade out *da música, o celular de Alma apita. Blecaute.*

Dez de maio de 2023. Crepúsculo – ocaso. Uma torre de infartos marfim. *O Fantasmaiminente e A Fantasmaiminente leem – interpretam, brincando com lanternas – um trecho do texto* Parêntesis: ele *(relativamente alterado: gim-tônica, gim-tônica, longneck IPA e longneck lager e um quadradinho de chocolate com psilocibina;* Homeopático?, *poucos miligramas, ele gargalha)* posiciona o facho, ela *(relativamente alterada: gim-tônica e gi-tôni-, meia, e meio quadrad- de chocol- com psilocib-;* Placebo?, *poucos miligramas, ela gargalha)* posiciona o facho *(fachos difundem-se pela câmara e colidem-se com matérias, originando umbríferos dobros),* ele- [gargalhadas], ela- [gargalhadas] *(e vazam fachos: do ringue-alvéolo, das janelas, do vão e da fístula, trezentos e sessenta graus, para o enorme Externo).*

Olho no olho mágico ———

——— A música: impulso: copulam as claves na pauta –

Eis que fibra unida,
malha
de veredas várias,
nasce
febre

são pérolas, notas, que soam suspiros de amor.
Prometo sugarmos o néctar, a nuvem mais alta.
Proponho desfechos que posso e não posso propor.

Sutis fingimentos, refreios?, ofuscam-se escassos.
Imploro que o ringue, um incêndio: uma página a mais.
Amálgama-língua, dois corpus trançando seus traços;
misturam-se, às cinzas das cenas, imagens reais.

A torre de *infartos* marfim – transpirando embaçada –
jamais aparece nos mapas, nem chispas do x.
Aqui?: não há chaves: roubamos de Escher, a escada.
Compassos de gozo e de angústia, infringi. Satisfiz?

> *All our powers of expression,*
> *our thoughts so sublime,*
> *could never do us justice*
> *in reason or rhyme*

Na rocha das suas palavras, encontro-me; as minhas
(vestígios ambíguos), trajando um disfarce qualquer.
Enquanto escondemos o tempo no vão de entrelinhas,
cravamos a fístula mágica – : – ao torpe *voyeur*.

Nas cavas das suas palavras, encontro um espelho
secreto – e no rosto, o atrito:
    (sou eu, o seu espelho,
      o meu espelho, o seu espelho canibal)
          o meu

Quando o Coro enuncia A página: pérola?, *congelam-se os ritmos de* O Fantasmaiminente *e de* A Fantasmaiminente.

　　　　　　　　　　　　　[A máquina métrica e] Vício ──

── A página: pérola?
A pílula: pólvora?

A pústula? Cênica.
A bússola? Cênica.

A máquina métrica
à mínima [falha].

À mórbida música.
À lágrima
　　　mácula.

Olho no olho mágico (duplos?)

A música: instinto: rabeca, zabumbas e flauta.
Ribomba, replica – premente – um rumor espião.
Questiono-me, a ela, confuso, O que é que nos falta?
Constato-nos: feita à garganta, inclusive, a fusão.

Auréolas vibráteis, provocam, difamam *Devassos*;
efígies propagam-se: vultos envoltos em véu.
Porém, desde os frascos, pralém das personas-pedaços,
trocamos fragrâncias e as auras da carne fiel.

A torre, suspensa, um alvéolo de mel, freme inflada.
Mitiga-se o peso do sonho (do brilho) que dói.
Aqui?: um tsunami varreu, de veredas, pegadas.
Absurdo: horizontes refletem janelas-faróis.

Na chuva das suas palavras, encontro-me; as minhas
(vestígios ambíguos), trajando um disfarce qualquer.
Enquanto escondemos o tempo no vão de entrelinhas,
cravamos a fístula mágica – : – ao torpe *voyeur*.

Nas cavas das suas palavras, encontro um espelho
secreto – e no rosto, o atrito:
    (sou eu, o seu espelho,
      o meu espelho, o seu espelho canibal)
          o meu ponto

Nas cavas das suas palavras, encontro um espelho
secreto – e no rosto, o atrito:
  (sou eu, o seu espelho,
    o meu espelho, o seu espelho canibal)
      o meu ponto
            infinito.

Blecaute.

Quinze de junho de 2023. O palco desnudo e desolado: o próprio deserto. Entram Suposto Mefistófeles e Alma. Começa a tocar Sofia Gubaidulina: The light of the end – Pt. 9.

                                                            Distanciamento ———

——— Impressão:

les

                                                                               Alm

dissolução.

O palco: tristes abismos profundos? A música: "The piece concludes with the removal of a dissonance in which the contrasts are resolved." *Címbalos.*

Dez de setembro de 2023. Os falsários, *no deserto, organizam-se constituindo trilhos – humanos? – de trem. Entra O Fantasmaiminente.*

⎯⎯⎯ Alcovas ⎯⎯⎯

⎯⎯⎯ Dividida, a vida
corre
por diversas vias,
rumos;
em desvãos, alcovas,
pousam
profusões vazias.

\>> E *Afaste-se: a porta fechando,*
   fechando, fechando. Fechada. <<

Entra A Fantasmaiminente.

Eis que fibra unida,
malha
de veredas várias,
nasce
febre – "Não te movas" –:

> *Começa a tocar Mark Lockett:* **Don't take the G train.**

[107]   m

rompe
de improváveis áreas.

O Fantasmaiminente: aos trilhos-falsários.

>> E *Afaste-se: a porta fechando,*
   fechando, fechando. Fechada. <

A Fantasmaiminente: não.

                      Quem vai?: dispara, esta alcova:
                      sobre um trilho no escuro
                      do avesso do mundo.
                      Quem fica?: espelho da alcova
                      contra um sonho futuro
                      de brilho fecundo.

< Projeta-se a porta na estrada:
   promete-se aberta. Mas: quando? >

                      Mas: *foge, movendo-se o trem.*
                      Mas: *tu não te moves de ti?* >

Entra Julia. 40°43'31.8"N *Empilham-se* 40°45'09.6"N *coordenadas* 40°45'00.9"N: *um* 42°15'14.7"N *deserto* 42°38'29.1"N *de* 73°44'28.0"W *coordenadas* 73°47'51.6"W *emaranhadas.* 73°59'35.3"W *Veredas* 73°58'38.1"W *várias* 73°57'06.1"W? *Quando Julia, irrompendo da coxia, exprime (e espreme) sua trepidante interjeição definitiva, congelam-se os ritmos de O Fantasmaiminente e de A Fantasmaiminente; a música é interrompida (em ?'??"). Julia atravessará o palco, transpondo o trilho de* falsários.

A trepidante interjeição definitiva ———

——— A # A # A # A # A # A # R # G # H # H # H # H # H # H

Insana?, Julia sai.

*O Fantasmaiminente e A Fantasmaiminente retomam seus ritmos;
a música, idem. Entra uma reverberação pretérita de Pandora.*

                                      Alcovas (duplos?) ———

——— Na demora, o ventre
forja
sombra e: Zero: vultos
livres?
[Diz Pandora: "Adentrem";
pronto:
beijos nada ocultos.]

>> E *Afaste-se: a porta fechando,*
    fechando, fechando. Fechada. <<

Jaz, à casa, o pulso
louco;
mais: do peito, a flama
fixa –
nó, tesouro (avulso)
vibra,
nó, farol que exclama.

                      Don't take the G train: *o arremate.*

>> Dramática, *a porta fechando,*
    fechando, fechando. Fechada. <

n

Quem vai?: dispara, esta alcova:
sobre um trilho no escuro
do avesso do mundo.
Quem fica?: espelho da alcova
contra um sonho futuro
de brilho fecundo.

< Projeta-se a porta na estrada:
promete-se aberta. Mas: quando? >

Mas: *oh, this is* our *buried treasure.* >
___

A chave que serve não chega.
A chave que chega não serve.
A chave que serve não chega.
A chave que chega não serve. <<

Por ora. >>

Fantasmas. Blecaute e começa a tocar Ted Hawkins: Long as I can see the light.

Presencias inquietantes,
gestos
de figuras que se aparecen vivientes
por obra de un lenguaje activo
que las alude,
signos
que insinúan terrores insolubles.

cortina – Voz *cortina*

– Voz *cortina* – Voz

Intervalo?

No foyer, *escombros de um café. Três cavaletes de vidro.*

                                        Cavaletes de vidro
                                             4. Mantra ———

——— BOMBAS,
        BOMBAS,
               BOMBAS,
                      BOMBAS,
                             BOMBAS
                             BOMBAS
                             BOMBAS
                             TOMARA
                             TOMARA
                      QUE
               BOMBAS
        VIREM
BUMERANGUES

                             OM
                             OM
                             OM
                             OM
                             ॐ

                             DA?

5. SupostE milystófeles: 536

The Heart asks Pleasure – first –
Quer, logo, o Cor, Prazer –
And then – Excuse from Pain –
Depois – Lastima a dor –
And then – those little Anodynes
Depois – Anódinos frugais
                frugais

10'52" – 12'02"
one more pill to kill the pain
one more pill to kill the pain
one more pill to kill the pain
one more pill to kill the pain

   (?)

         Engulo
         um comprimido, um remédio,
         ~~um remédio~~, Luxury
         com a função de preencher
Anódinos: imediatamente,

                          ((?))

         a furna do *presente*;
         um comprimido que é, todavia,
         o comprimido específico,
   imediatamente,   o específico remédio,
         que já desgasta-corrói-consome –
         dilata a próxima furna.
That deaden suffering –
Que amansam prantos e –

                    E
Um – pranto e – dois
                        haverá dois comprimidos,
         ~~Anódinos frugais,~~
                                    ~~Luxo~~

                engulo,
                    dois remédios, com a função
\ Comprimido +
   Comprimido =
                    de preencher a próxima furna.

And then – to go to sleep –
Depois – deitar-se
                                ~~C + C = + Furna?~~

And then – if it should be
Depois – se caso houver   / e facas e facas / e facas e facas
The will of its Inquisitor
Do Inquisidor, propósitos,   *Alma, o que é que*
The Luxury to die –   *não é Catastrófico?*

            First – Chill – then Stupor – e: deixar morrer –

O Luxo de morrer –

[122]

6. Copycat

Vinte e- E a derradeira explosão propele, ao vento, o derradeiro estilhaço de papel

Ao final da festa

VVVVVIIIE
VVVVVIIIE
VVVVVIII
VVVVVIDA
        E
        OBRA,
V   VIL CILADA –
        NADA SOBRA
        SOBRE NADA.

Nada?

cortina – Voz *cortina* – Voz *cortina* – Voz *cortina* – Voz *cortina*
– Voz *cortina* – Voz *cortina* – Voz *cortina* – Voz *cortina* – Voz
cortina – Voz *cortina* – Voz *cortina* – Voz *cortina* – Voz *cortina*
– Voz *cortina* – Voz *cortina* – Voz *cortina* – Voz *cortina* – Voz
cortina – Voz *cortina* – Voz *cortina* – Voz *cortina* – Voz *cortina*
– Voz *cortina* – Voz *cortina* – Voz *cortina* – Voz *cortina* – Voz
cortina – Voz *cortina* – Voz *cortina* – Voz *cortina* – Voz *cortina*
– Voz *cortina* – Voz *cortina* – Voz *cortina* – Voz *cortina* – Voz
cortina – Voz *cortina* – Voz *cortina* – Voz *cortina* – Voz *cortina*
– Voz *cortina* – Voz *cortina* – Voz *cortina* – Voz *cortina* – Voz
cortina – Voz *cortina* – Voz *cortina* – Voz *cortina* – Voz *cortina*
– Voz *cortina* – Voz *cortina* – Voz *cortina* – Voz *cortina* – Voz
cortina – Voz *cortina* – Voz *cortina* – Voz *cortina* – Voz *cortina*
– Voz *cortina* – Voz *cortina* – Voz *cortina* – Voz *cortina* – Voz
cortina – Voz *cortina* – Voz *cortina* – Voz *cortina* – Voz *cortina*
– Voz *cortina* – Voz *cortina* – Voz *cortina* – Voz *cortina* – Voz
cortina – Voz *cortina* – Voz *cortina* – Voz *cortina* – Voz *cortina*
– Voz *cortina* – Voz *cortina* – Voz *cortina* – Voz *cortina* – Voz
cortina – Voz *cortina* – Voz *cortina* – Voz *cortina* – Voz *cortina*
– Voz *cortina* – Voz *cortina* – Voz *cortina* – Voz *cortina* – Voz
cortina – Voz *cortina* – Voz *cortina* – Voz *cortina* – Voz *cortina*
– Voz *cortina* – Voz *cortina* – Voz *cortina* – Voz *cortina* – Voz
cortina – Voz *cortina* – Voz *cortina* – Voz *cortina* – Voz *cortina*
– Voz *cortina* – Voz *cortina* – Voz *cortina* – Voz *cortina* – Voz
cortina – Voz *cortina* – Voz *cortina* – Voz *cortina* – Voz *cortina*

– Voz *cortina* – Voz *cortina* – Voz *cortina* – Voz *cortina* – Voz
cortina – Voz *cortina* – Voz *cortina* – Voz *cortina* – Voz *cortina*
– Voz *cortina* – Voz *cortina* – Voz *cortina* – Voz *cortina* – Voz
cortina – Voz *cortina* – Voz *cortina* – Voz *cortina* – Voz *cortina*
– Voz *cortina* – Voz *cortina* – Voz *cortina* – Voz *cortina* – Voz
cortina – Voz *cortina* – Voz *cortina* – Voz *cortina* – Voz *cortina*
– Voz *cortina* – Voz *cortina* – Voz *cortina* – Voz *cortina* – Voz
cortina – Voz *cortina* – Voz *cortina* – Voz *cortina* – Voz *cortina*
– Voz *cortina* – Voz *cortina* – Voz *cortina* – Voz *cortina* – Voz
cortina – Voz *cortina* – Voz *cortina* – Voz *cortina* – Voz *cortina*
– Voz *cortina* – Voz *cortina* – Voz *cortina* – Voz *cortina* – Voz
cortina – Voz *cortina* – Voz *cortina* – Voz *cortina* – Voz *cortina*
– Voz *cortina* – Voz *cortina* – Voz *cortina* – Voz *cortina* – Voz
cortina – Voz *cortina* – Voz *cortina* – Voz *cortina* – Voz *cortina*
– Voz *cortina* – Voz *cortina* – Voz *cortina* – Voz *cortina* – Voz
cortina – Voz *cortina* – Voz *cortina* – Voz *cortina* – Voz *cortina*
– Voz *cortina* – Voz *cortina* – Voz *cortina* – Voz *cortina* – Voz
cortina – Voz *cortina* – Voz *cortina* – Voz *cortina* – Voz *cortina*
– Voz *cortina* – Voz *cortina* – Voz *cortina* – Voz *cortina* – Voz
cortina – Voz *cortina* – Voz *cortina* – Voz *cortina* – Voz *cortina*
– Voz *cortina* – Voz *cortina* – Voz *cortina* – Voz *cortina* – Voz
cortina – Voz *cortina* – Voz *cortina* – Voz *cortina* – Voz *cortina*
– Voz *cortina* – Voz *cortina* – Voz *cortina* – Voz *cortina* – Voz

=

Epílogo?: lucidez terminal?

São Paulo, 2023. Quarto. Estante. Globo. Cama. Escrivaninha. Chave/Chave. Arara. Há, no entanto, modificações diminutas. Um vaso de barro com tulipas vermelhas. No topo de um pedestal, dois cabos horizontais de cobre e uma Pomba de cerâmica, escultura. *Um drone trancafiado em uma gaiola.*

Chave/Chave ———

——— A chave que chega na fechadura – não serve.

A chave que serve na fechadura – não chega.

Promessas do Zero

Não importa øø–øøøøø–ø–øøøø–øøø–øøøøøø.

Não importa se *ardente* a cidade irrestrita.
Não importa se orgasmos. O baile das doze.

Começa a tocar Arnold Schönberg: 5 Klavierstücke, Op. 23: n.º
5, Walzer (ref. gravação de Glenn Gould, de 1966); a partir de
1'30", até 1'40".

                        Não.
Não.

Não, tampouco, se a escrita
                (precisa).
                      Murmúrios

        em *Mantra*.

Nada importa. Retoques. Verões. Paradigmas.
Nem sinceros amantes. Foguetes. Progressos

gestam, junto, latentes promessas do Zero.

Promessas do Abrupto ──

── Desliza, rangendo – e memórias, quais?, torcidas;
–, avança, o metrô: mastigando a gris migalha;
chiante, o metrô

        (sob indústrias,

                Through the veins
                    of the street

        avenidas);

enquanto lacera a metrópole – retalha!
–, costura, por dentro, invisíveis despedidas:
distende / atarraxa / por âmagos, mortalha.

Complexo, não é?
                Se *raiva*? Se *dó*?
De *feixes* à *pá*?
                De *afetos* à *fé*?
No rastro do pó

                      [Fé? Pó? ──

── <<
            >>

    ((?))

p

Começa a tocar Johann Sebastian Bach (arranjado por Wilhelm Kempff): Herz und Mund und Tat und Leben, BWV 147a – Jesus, alegria dos homens *(ref. gravação de Nelson Freire, de 2016).*

Esperança – a parafina derretida,

$\qquad\qquad\qquad$ ((?))

combustível,

($\quad$ ((?)) $\quad$)

$\qquad\qquad$ *parafina recomposta: fé?*

$\qquad\qquad\qquad\qquad\qquad$ ($\quad$ ((?)) $\quad\quad$)

<<
$\qquad\qquad\qquad\qquad$ >>

Gesto, linhas –

$\qquad\qquad\qquad$ *Wonder if you'll understand,*
$\qquad\qquad\qquad$ *it's just the touch of your hand*

$\qquad\qquad$ gesto,
linhas,
palma

[134]

                                              - 1'06"
                                         - a shadow touch
                                         a shadow's hand

         a palma, pistas
tantas:
meu destino?,

                                        - Falls the Shadow

                   (((?))   )

              empresto
sendas

                                        - behind a closed door

para as ligas mistas: fé?

(((?))   )   )

                         Pó?

A música é interrompida – amputada – em 2'41".]

                          [135]   o

                              ninguém restará.

Após a crosta
do apocalipse:
nenhum de nós.

                              Tudo acabado,
                              ninguém restará.

Apaga-se um foco de luz.

                              Túneis?, estreitos?,
                              ninguém restará.

Apaga-se outro foco de luz.

                              Bárbaro brado?,
                              ninguém restará.

Apaga-se outro foco de luz.

                              Rijos conceitos?,
                              ninguém restará.

                                    δροσόεν]τας ὄχθοις
                                    ]ταιν
                                    παν]νυχίσ[δ]ην

Apaga-se outro foco de luz.

                        Portas fechando?, fechando, fechando,
                        ninguém restará.

Apaga-se outro foco de luz.

                        Ø?, Coordenadas?,
                        ninguém restará.

Apaga-se outro foco de luz.

                        Bestas?, em bando?,
                        ninguém restará.

Apaga-se outro foco de luz.

                        Portas fechadas?,
                        ninguém restará.

Apaga-se outro foco de luz.

                    Dramas eternos?,
                    ninguém restará.

Apaga-se

                                                Não.

Não.
              Não.

       outro foco de luz.

                    Drones?, Infernos?,
                    ninguém restará.

Apaga-se outro foco de luz.

                    Calma e Conflito?,
                    ninguém restará.

Apaga-se outro foco de luz.

                    Quedas e Vícios?,
                    ninguém restará.

Apaga-se outro foco de luz.

                        Totem proscrito?,
                        ninguém restará.

Apaga-se outro foco de luz.

                        Blefes propícios?,
                        ninguém restará.

Apaga-se outro foco de luz.

                        Entra o barco ———— pela coxia.

Caronte *Ai! Rotina!, turismo?: em faixa túrbida!*

                                      ∞

                        Óbolos?, Juros?,
                        ninguém restará.

Apaga-se outro foco de luz.

                        Facas ferinas?,
                        ninguém restará.

Apaga-se outro foco de luz.

                    Sonhos futuros?,
                    ninguém restará.

Apaga-se outro foco de luz.

                    Vozes?, Cortinas?,
                    ninguém restará.

Apaga-se outro foco de luz.

                    Ninguém restará.

Apaga-se outro foco de luz, o penúltimo.

                    Ninguém restará.

Um débil foco de luz – o palco persiste.

⸺ 5, 4, 3, 2 ⸺

⸺ E fim.

Treva (luz fecha)

Blecaute.

    A tampa de um caixão –
da forma que se lacra
            o vão
,
mais nada,
      aqui,
           tem lacre:assim.

Barulho de terra caindo acima: no telhado do teatro.

o).

E vegno in parte ove non è che luca.

cortina – Voz *cortina*

– Voz *cortina* – Voz *cortina* – Voz *cortina* – Voz *cortina* – Voz
cortina – Voz *cortina* – Voz *cortina* – Voz *cortina* – Voz *cortina*
– Voz *cortina* – Voz *cortina* – Voz *cortina* – Voz *cortina* – Voz
cortina – Vøz *cortina* – Voz *cortina* – Voz *cortina* – Voz *cortina*
– Voz *cortina* – Voz *cortina* – Voz *cortina* – Voz *cortina* – Voz
cortina – Voz *cortina* – Voz *cortina* – Voz *cortina* – Voz *cortina*
– Voz *cortina* – Voz *cortina* – Voz *cortina* – Voz *cortina* – Voz
cortina – Voz *cortina* – Voz *cortina* – Voz *cortina* – Voz *cortina*
– Voz *cortina* – Voz *cortina* – Voz *cortina* – Voz *cortina* – Voz
cortina – Voz *cortina* – Voz *cortina* – Voz *cortina* – Voz *cortina*
– Voz *cortina* – Voz *cortina* – Voz *cortina* – Voz *cortina* – Voz
cortina – Voz *cortina* – Voz *cortina* – Voz *cortina* – Voz *cortina*
– Voz *cortina* – Voz *cortina* – Voz *cortina* – Voz *cortina* – Voz
cortina – Voz *cortina* – Voz *cortina* – Voz *cortina* – Voz *cortina*
– Voz *cortina* – Voz *cortina* – Voz *cortina* – Voz *cortina* – Voz
cortina – Voz *cortina* – Voz *cortina* – Voz *cortina* – Voz *cortina*
– Voz *cortina* – Voz *cortina* – Voz *cortina* – Voz *cortina* – Voz
cortina – Voz *cortina* – Voz *cortina* – Voz *cortina* – Voz *cortina*
– Voz *cortina* – Voz *cortina* – Voz *cortina* – Voz *cortina* – Voz
cortina – Voz *cortina* – Voz *cortina* – Voz *cortina* – Voz *cortina*
– Voz *cortina* – Voz *cortina* – Voz *cortina* – Voz *cortina* – Voz
cortina – Voz *cortina* – Voz *cortina* – Voz *cortina* – Voz *cortina*
– Voz *cortina* – Voz *cortina* – Voz *cortina* – Voz *cortina* – Voz

Epílogo: o fim desta jornada?

*O palco desnudo e desolado: o próprio deserto. São Paulo?, 2024?,
2025? O Coro, travestido de Coro* de opacos, *em alternância
nas rimas cruzadas, entoa (criando certa unidade múltipla) um
poema de ecos falsos. Talvez um dos* falsários/opacos *corresponda
a uma representação contemporânea de Narciso. Talvez não.
Talvez um dos* falsários/opacos *corresponda a uma representação
contemporânea de Ícaro.*

                                      O fim desta jornada? ———

——— Meu verso lança oposto ao vasto beco, eco;
regresso *falso* – fico aquém-consolo, solo,
no charco: a face?: fundo, inquiro (obceco). Seco,
não sobra charco algum; contudo, atolo. Tolo.

Meu verso à pura sombra, enfim?; descoro *Coro
de opacos*, qual se a luz, a si, sorvera: vera
penumbra. O céu, censor? E: sem decoro, oro?
Descubro, inerte: breu também macera cera.

Talvez não. Talvez um dos falsários/opacos *corresponda a uma
representação da jornada, propriamente – e talvez um dos*
falsários/opacos *corresponda a uma representação de seu fim.
Blecaute.*

O Coro?: delével, sim. 2025?, 2026? Quarto. Uma estante de livros cruza toda a extensão do palco. Dentre os livros, um grande globo luminoso – apagado. À frente, uma cama de casal king size. *A plateia já devolvida a* plurais microcosmos. *Cadeira de origem moscovita, confeccionada com chifres de renas; vinte hastes. Uma escrivaninha:* computador, impressora, papéis. *Tulipas vermelhas: firmes; eram artificiais. Um espelho em parede: no espelho, centralizada no espelho, em tonalidades pastel, uma pintura de uma torre toscana do século XIV, anacrônica?, de três pavimentos, encorpada, erigida para gélida Vigilância, erigida para* flâmea Sinalização; *no cimo da torre, uma imponente bandeira: estampando um Código QR. (Por um átimo-lampejo, confia-se que a torre toscana do século XIV foi transformada em uma torre de* infartos marfim. *Confia-se? No átimo-lampejo seguinte, o delineamento da torre toscana do século XIV, no espelho, é indiscutível.) Um barbante, uma chave maior; um barbante, uma chave menor: pendentes. Uma fenda? Embrenha-se brisa. Roupas e roupa em arara [*those alone kept the human shape and in the emptiness indicated how once they were filled and animated*]. A Pomba de cerâmica, escultura. O inexplicável* drone *trancafiado na gaiola. O silêncio: absoluto?, um poço? A brisa intensifica-se* vendaval burioso: *que assopra uma folha* Dickinson-Basquiat *para o assoalho; que arranca, da arara, um vestido (violeta, listras alvas) de Alma (única evidência remanescente, no quarto, de Alma); que alvoroça o pêndulo das chaves; que abala, milímetros, a* Pomba de cerâmica, escultura. *Instabilidade. A folha escorrega para baixo da cama. O vestido escorrega para baixo da cama. Instabilidade. O abalo, milímetros, da Pomba de cerâmica, escultura é suficiente para, milímetros, derrubá-la do pedestal. Cacos. Ecos? E o silêncio: absoluto, um poço. Ninguém. Nada.*

cortina – Voz *cortina* – Voz *cortina* – Voz *cortina* – Voz *cortina* – Voz *cortina* – Voz *cortina* – Voz *cortina* – Voz *cortina* – Voz
cortina – Voz *cortina* – Voz *cortina* – Voz *cortina* – Voz *cortina* – Voz *cortina* – Voz *cortina* – Voz *cortina* – Voz *cortina* – Voz
cortina – Voz *cortina* – Voz *cortina* – Voz *cortina* – Voz *cortina* – Voz *cortina* – Voz *cortina* – Voz *cortina* – Voz *cortina* – Voz
cortina – Voz *cortina* – Voz *cortina* – Voz *cortina* – Voz *cortina* – Voz *cortina* – Voz *cortina* – Voz *cortina* – Voz *cortina* – Voz
cortina – Voz *cortina* – Voz *cortina* – Voz *cortina* – Voz *cortina* – Voz *cortina* – Voz *cortina* – Voz *cortina* – Voz *cortina* – Voz
cortina – Voz *cortina* – Voz *cortina* – Voz *cortina* – Voz *cortina* – Voz *cortina* – Voz *cortina* – Voz *cortina* – Voz *cortina* – Voz
cortina – Voz *cortina* – Voz *cortina* – Voz *cortina* – Voz *cortina* – Voz *cortina* – Voz *cortina* – Voz *cortina* – Voz *cortina* – Voz
cortina – Voz *cortina* – Voz *cortina* – Voz *cortina* – Voz *cortina* – Voz *cortina* – Voz *cortina* – Voz *cortina* – Voz *cortina* – Voz
cortina – Voz *cortina* – Voz *cortina* – Voz *cortina* – Voz *cortina* – Voz *cortina* – Voz *cortina* – Voz *cortina* – Voz *cortina* – Voz
cortina – Voz *cortina* – Voz *cortina* – Voz *cortina* – Voz *cortina* – Voz *cortina* – Voz *cortina* – Voz *cortina* – Voz *cortina* – Voz
cortina – Voz *cortina* – Voz *cortina* – Voz *cortina* – Voz *cortina* – Voz *cortina* – Voz *cortina* – Voz *cortina* – Voz *cortina* – Voz
cortina – Voz *cortina* – Voz *cortina* – Voz *cortina* – Voz *cortina* – Voz *cortina* – Voz *cortina* – Voz *cortina* – Voz *cortina* – Voz
cortina – Voz *cortina* – Voz *cortina* – Voz *cortina* – Voz *cortina*

– Voz *cortina* – Voz *cortina* – Voz *cortina* – Voz *cortina* – Voz
cortina – Voz *cortina* – Voz *cortina* – Voz *cortina* – Voz *cortina*
– Voz *cortina* – Voz *cortina* – Voz *cortina* – Voz *cortina* – Voz
cortina – Voz *cortina* – Voz *cortina* – Voz *cortina* – Voz *cortina*
– Voz *cortina* – Voz *cortina* – Voz *cortina* – Voz *cortina* – Voz
cortina – Voz *cortina* – Voz *cortina* – Voz *cortina* – Voz *cortina*
– Voz *cortina* – Voz *cortina* – Voz *cortina* – Voz *cortina* – Voz
cortina – Voz *cortina* – Voz *cortina* – Voz *cortina* – Voz *cortina*
– Voz *cortina* – Voz *cortina* – Voz *cortina* – Voz *cortina* – Voz
cortina – Voz *cortina* – Voz *cortina* – Voz *cortina* – Voz *cortina*
– Voz *cortina* – Voz *cortina* – Voz *cortina* – Voz *cortina* – Voz
cortina – Voz *cortina* – Voz *cortina* – Voz *cortina* – Voz *cortina*
– Voz *cortina* – Voz *cortina* – Voz *cortina* – Voz *cortina* – Voz
cortina – Voz *cortina* – Voz *cortina* – Voz *cortina* – Voz *cortina*
– Voz *cortina* – Voz *cortina* – Voz *cortina* – Voz *cortina* – Voz
cortina – Voz *cortina* – Voz *cortina* – Voz *cortina* – Voz *cortina*
– Voz *cortina* – Voz *cortina* – Voz *cortina* – Voz *cortina* – Voz
cortina – Voz *cortina* – Voz *cortina* – Voz *cortina* – Voz *cortina*
– Voz *cortina* – Voz *cortina* – Voz *cortina* – Voz *cortina* – Voz
cortina – Voz *cortina* – Voz *cortina* – Voz *cortina* – Voz *cortina*
– Voz *cortina* – Voz *cortina* – Voz *cortina* – Voz *cortina* – Voz
cortina – Voz *cortina* – Voz *cortina* – Voz *cortina* – Voz *cortina*
– Voz *cortina* – Voz *cortina* – Voz *cortina* – Voz *cortina* – Voz
cortina – Voz *cortina* – Voz *cortina* – Voz *cortina* – Voz *cortina*
– Voz *cortina* – Voz *cortina* – Voz *cortina* – Voz *cortina* – Voz

Cavaletes de vidro 4. Mantra, *em versão pregressa, foi apresentado, pela primeira vez, em show no Teatro Saltimbancos, em Curitiba, PR, no dia 11 de março de 2006.*

Polígrafos / Polígrafos (duplos?), *em versão pregressa, foi publicado no jornal* Rascunho, *na edição de março de 2021.*

A parábola / A parábola (coda?), *em versão pregressa, foi apresentado, pela primeira vez, em show na 4ª Sessões da Canção do estúdio Brasil Nativo, em Curitiba, PR, no dia 17 de junho de 2023.*

O fim desta jornada?, *em versão condizente com esta edição, foi lido, pela primeira vez, na Matriz Santo Antônio, em Tiradentes, MG, no dia 16 de novembro de 2023; a leitura aconteceu no Festival Artes Vertentes – no concerto* Você se lembra da noite? Homenagem a Sergei Rachmaninov, *com Gustavo Carvalho e Eliane Coelho.*

Cavaletes de vidro 1. Vieses, *em versão adaptada, foi apresentado, pela primeira vez, em show no Palco Canudos (Museu Casa Padre Toledo), em Tiradentes, MG, no dia 26 de novembro de 2023 (Festival Artes Vertentes).*

Parei, pisquei; perdi, *em versão condizente com esta edição, foi apresentado, pela primeira vez, na Igreja São João Evangelista, em Tiradentes, MG, no dia 26 de novembro de 2023; Justus Grimm interpretou o* Prelúdio *da* Suíte para violoncelo n.º 1 em Sol Maior, *de Johann Sebastian Bach, conforme a rubrica do texto; a performance aconteceu no Festival Artes Vertentes – no concerto* Antes das doze badaladas, *com Alexandre Barros, Cristian Budu, Gustavo Carvalho, Justus Grimm e Fabio Zanon.*

À exceção de um dos textos deste livro – que data de 2005 (aproximadamente) (Curitiba, PR) –, o primeiro registro da composição de Dissoluções *é de 5 de agosto de 2018 (São Paulo, SP).*

Partes de Dissoluções *foram escritas – ou esboçadas – na residência Art Omi: Writers (Ghent, Nova York, EUA), entre 24 de março e 21 de abril de 2023.*

O livro foi concluído no dia 9 de junho de 2023 (São Paulo).**

** À exceção de O=túnel *– escavado durante uma residência do Festival Artes Vertentes (Tiradentes, MG), entre 16 e 26 de novembro de 2023.*

Agradeço a Aurora Fornoni Bernardini – que gentilmente traduziu o início de Dissoluções *para o italiano, para que trechos do livro pudessem ser apresentados durante uma* fellowship *na Santa Maddalena Foundation (Donnini, Toscana, Itália), entre 30 de novembro e 22 de dezembro de 2023. Pequenas modificações em* Dissoluções *foram realizadas na Santa Maddalena Foundation.*

Este livro foi composto na tipografia Minion Pro,
em corpo 10,5/15, e impresso em papel off-white no
Sistema Digital Instant Duplex da Divisão Gráfica
da Distribuidora Record.